b small publishing

D1646682

La Gatita Lucía en la fiesta

Lucy Cat at the party

Catherine Bruzzone · Illustraciones de Clare Beaton
Texto español de Rosa María Martín

Catheri ... 993694419 4 ... are Beaton
... tín

1 El salón de la gatita Lucía.

Es lunes.

2 Es para Tom.

Hoy es el cumpleaños de Tom.

3

Hace buen tiempo.

1 Lucy Cat's sitting room.

2 It's for Tom.

3

Ésta es la mamá de Lucía.

Lucía tiene un regalo paraTom.

Es tarde.

This is Lucy's Mum.

Lucy has a present for Tom.

It's late.

Lucía escribe.

Lucía tiene una postal de cumpleaños para Tom.

Lucy is writing.

Lucy has a birthday card for Tom.

Lucía se pone la falda.

Lucía toma los zapatos.

Lucy puts on her skirt.

Lucy takes her shoes.

13

Ésta es la casa de Tom.

14 ¡Hola, Tom!

Éstos son los amigos de Tom.

15 ¡Hola, Lucía!

13

This is Tom's house.

14 Hello, Tom.

Here are Tom's friends.

15 Hello, Lucy.

Pasan.

They go in.

Julia tiene un regalo para Tom.

Es un libro.

Julie has a present for Tom.

It's a book.

21

¡Feliz cumpleaños, Tom!

Juan tiene un regalo para Tom.

22

Es un coche.

23

Gracias, Juan.

21

Happy birthday, Tom!

John has a present for Tom.

22

It's a car.

23

Thanks, John.

24 ¡Feliz cumpleaños, Tom!

25

26 Gracias, Lucía.

Lucía tiene un regalo para Tom.   Es una pelota.

24 Happy birthday, Tom!

25

26 Thanks, Lucy

Lucy has a present for Tom.   It's a ball.

Juegan con la pelota.

Éste es el papá de Tom.

They play with the ball

This is Tom's Dad.

Lucía toma un jugo de naranja.

Lucy takes some orange juice.

Lucía toma un sandwich.

Lucy takes a sandwich.

Lucía come el helado.

Lucy eats the ice-cream.

Ésta es la mamá de Tom.

Éste es el pastel de cumpleaños de Tom.

This is Tom's mum.

This is Tom's birthday cake.

El ratón corre muy deprisa.

The mouse runs very fast.

El ratón está debajo
de la mesa.

The mouse is under the table.

Los amigos buscan el ratón.

The friends look for the mouse.

Lucía atrapa al ratón.

Lucy catches the mouse.

El ratón está triste.

The mouse is sad.

Lucía come el pastel.

Lucy eats the cake.

Palabras clave · Key words

el salón el sal-*on* sitting room	**el cumpleaños** el koompleh-*an*-yoss birthday	**hace buen tiempo** aseh boo-*en* tee-*empo* the weather's fine
la falda lah *fal*-dah skirt	**los zapatos** loss zapah-toss shoes	**la casa** lah *kah*-zah house
el libro el *lee*-bro book	**la pelota** lah pay-*loh*-tah ball	**papá** pap-*ah* Dad
el sandwich el *sand*-weech sandwich	**el helado** el el-*ah*-do ice-cream	**el pastel** el pas-*tel* cake
el ratón el rat-*on* mouse	**¿dónde está?** *dond*-eh est-*ah* where is?	**debajo de** day-*bah*-o deh under

mamá mam-*ah* Mum	**el regalo** el regah-lo present	**la tarjeta** lah tahr-*heh*-tah card
los amigos los amee-goss friends	**todos** toh-doss everyone	**¡feliz cumpleaños!** fel-ees koompleh-*an*-yoss happy birthday
¿quieres? kee-*air*-ess do you want?	**el jugo de naranja** el *hoogo* deh naran-hah orange juice	**sí** see yes
las velas lass *vay*-lass candles	**¡socorro!** sok-o-ro help	**¿qué es eso?** keh ess *esso* what is it?
allá ah-*ya* there	**la mesa** lah *may*-sah table	**gracias** grasee-*ass* thanks, thank you